Made in the USA
Middletown, DE
01 November 2021

51419882R00070